Patas especiales

La lista ideal

Autora: Tracey Kusinitz Altman

Ilustrado por: Joseba Morales

Asesora educativa: Julie Lowery

Traductor: Zach Bennett

Inspired Forever Books
Dallas, Texas

Inspired Forever Books
Dallas, Texas
(888) 403-2727
http://inspiredforeverbooks.com

Words with Lasting Impact™

Impreso en los Estados Unidos de América

Número de control de la Biblioteca del Congreso: 2019904499
ISBN 13: 978-1-948903-82-0

Este libro está dedicado a mi Tía Winnie. Ella amaba leer, y como maestra, sabía la importancia de que los niños empezaran cuando eran muy pequeños. Inspiró a mis hermanas y a mí con cientos de libros que cautivaron nuestra imaginación, por lo que hoy en día seguimos leyendo. Cuando tuvimos nuestros hijos, ella hizo exactamente lo mismo con ellos. Espero que este libro te haga sentir orgullosa, Tía Winnie. ☺

Muchísimas gracias a Julie Lowery por sus consejos educativos. #maestrasabia

A mi editora favorita, Sharold Prather, quien lleva quince años ayudándome. #noesfácil

A la mamá de Hunter, Robyn, por apoyarme con tanta energía y siempre creer en mí. #tequieromás

A Michelle Morse, mi más valiosa compañera que me ayudó a crear esta obra con amor. Gracias por haber usado tu corazón y tu inteligencia para hacer que mi sueño se volviera realidad. #misalvadora

Una porción de los ingresos generados por este libro se destinará a varios refugios para animales alrededor del país para seguir apoyando los programas de *foster* y adopción.

Sobre el traductor, Zach Bennett

Zach —o como sus estudiantes lo conocen, Profe Zacarías— fundó su compañía de tutoría de español, Spanish With A Gringo™, en 2020. Las clases se destinan a adultos profesionales en los campos de negocios y medicina.

Zach cuenta con una licenciatura, un certificado de posgrado en negocios en español y un certificado de competencia del "American Council on the Teaching of Foreign Languages". Se ha especializado en el español de México por sus bellos paisajes, su sabrosa gastronomía, y su rica cultura.

If you're interested in taking classes with *Profe Zacarías*, please go to www.spanishwithagringo.com/patasespeciales to receive a special offer!

If you're already a student, *tranquilo*, you can also get that same offer by going to www.spanishwithagringo.com/patasespeciales.

If you're looking for a translator, please visit www.spanishwithagringotranslation.com for more details on the services we offer.

—¿Dónde estoy? —preguntó Boston al levantar la cabeza. Estaba muy cansada, pero miró a su alrededor.

—Estás en un refugio para animales —dijo un lindo Beagle llamado Hunter, sentado en una almohada roja dentro de su jaulita.

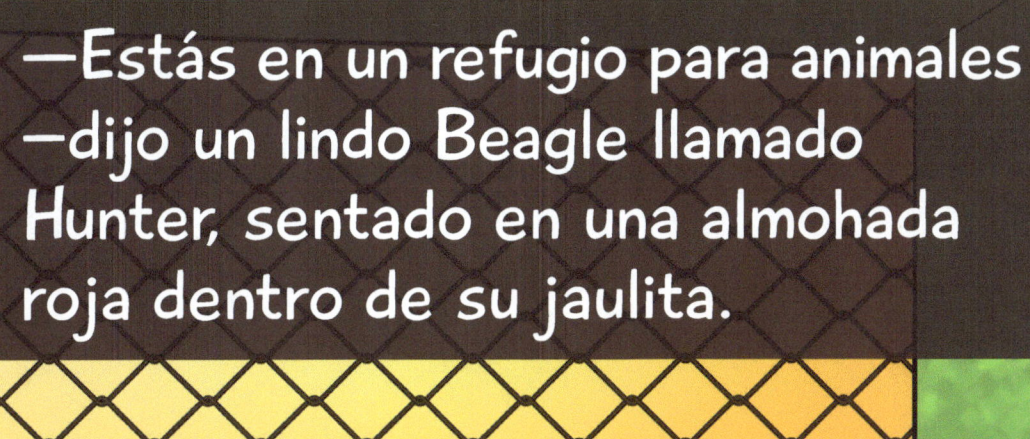

—¿Qué es un refugio?
—preguntó Boston.

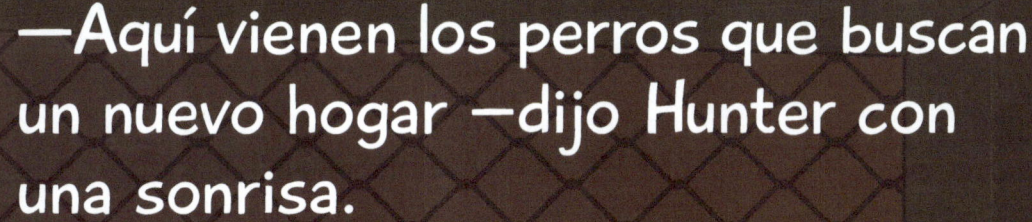

—Aquí vienen los perros que buscan un nuevo hogar —dijo Hunter con una sonrisa.

—¿Cuánto tiempo llevas aquí, Hunter? —preguntó Boston, moviendo su cola con locura.

Hunter, quien jalaba alegremente su almohada roja, dijo: —Unos cuatro meses.

—Cuatro meses me parece mucho tiempo —contestó Boston, mientras se ponía más cómoda.

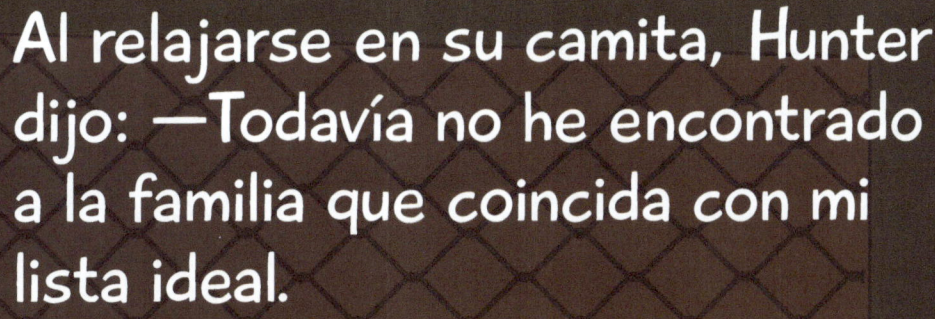

Al relajarse en su camita, Hunter dijo: —Todavía no he encontrado a la familia que coincida con mi lista ideal.

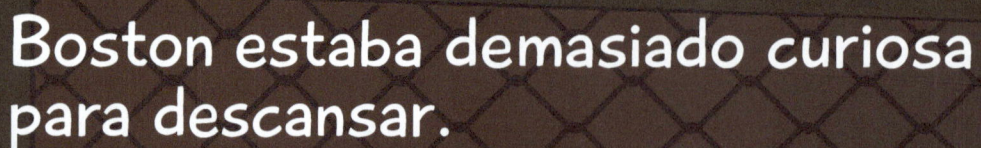

Boston estaba demasiado curiosa para descansar.

—¿Qué es una lista ideal? —preguntó, mientras le echaba un ojo a su hueso, que era morado y grande.

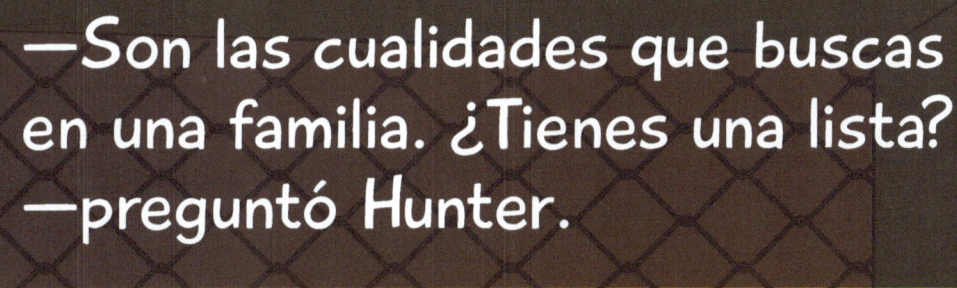

—Son las cualidades que buscas en una familia. ¿Tienes una lista? —preguntó Hunter.

—No, no lo he pensado. ¿Cómo hago una lista? —preguntó Boston, y se estiró en su almohada suavecita.

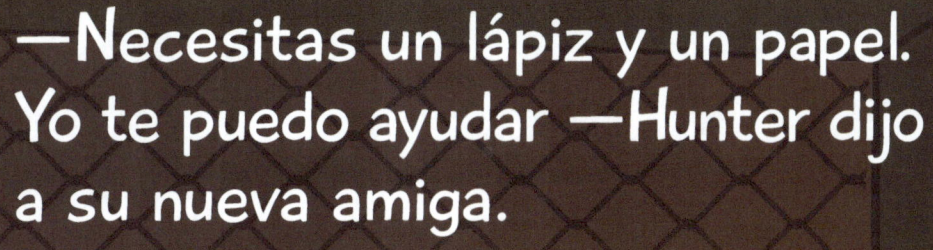

—Necesitas un lápiz y un papel.
Yo te puedo ayudar —Hunter dijo
a su nueva amiga.

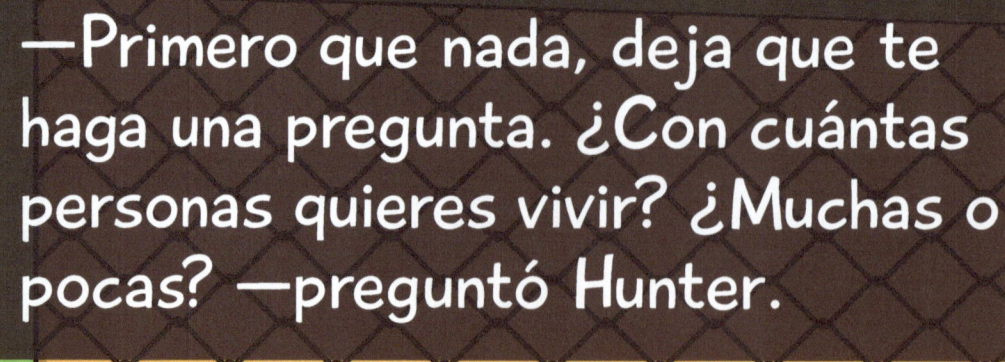

—Primero que nada, deja que te haga una pregunta. ¿Con cuántas personas quieres vivir? ¿Muchas o pocas? —preguntó Hunter.

—Pues, no lo sé —Boston se preguntó en voz alta.

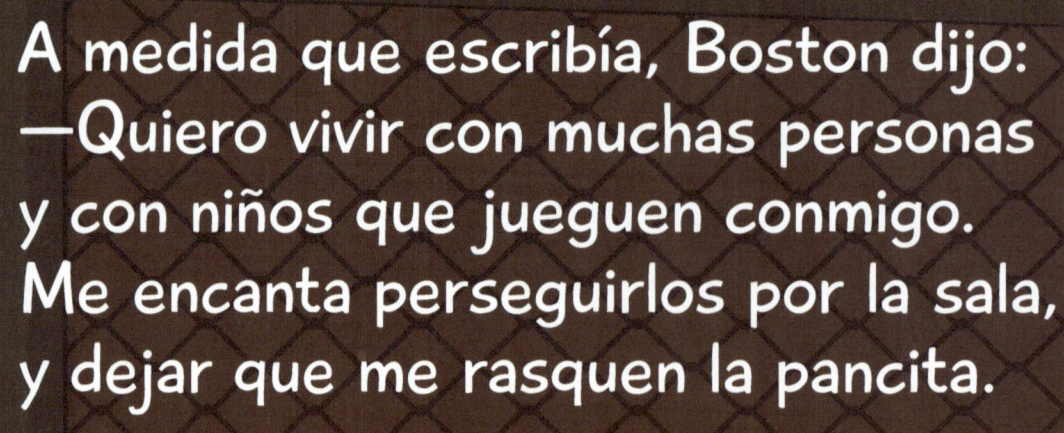

A medida que escribía, Boston dijo:
—Quiero vivir con muchas personas
y con niños que jueguen conmigo.
Me encanta perseguirlos por la sala,
y dejar que me rasquen la pancita.

MI LISTA
IDEAL

Después de estirarse, Hunter respondió: —¡Qué padre!

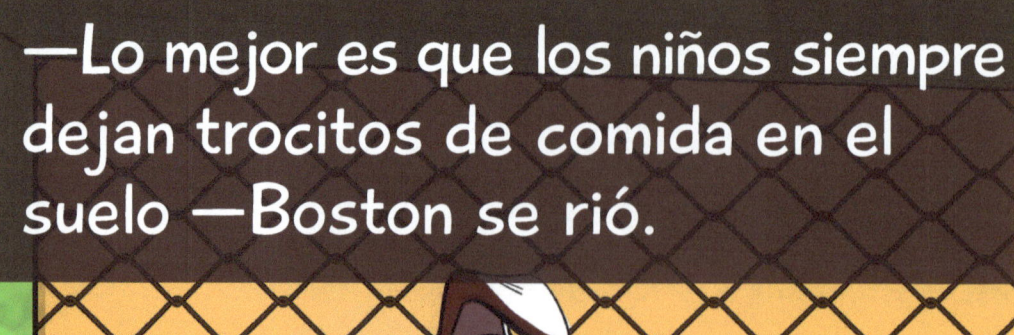

—Lo mejor es que los niños siempre dejan trocitos de comida en el suelo —Boston se rió.

—¡Ayyy, amo la comida! —Hunter se rió también.

—¿Dónde quieres vivir? ¿En una casa grande o pequeña? —Hunter preguntó, y se lamió la nariz intensamente.

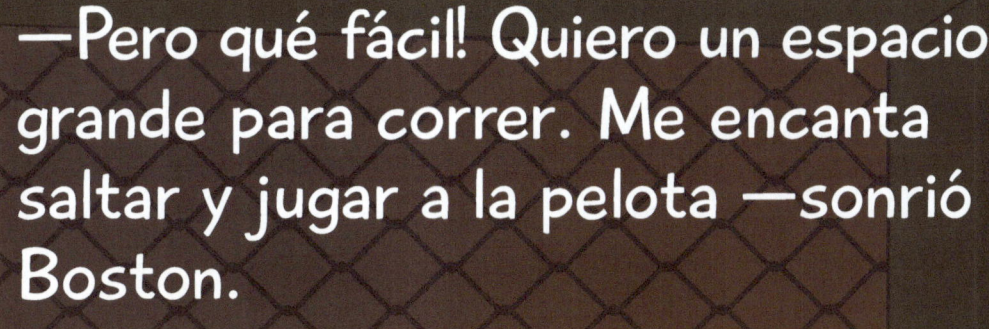

—¡Pero qué fácil! Quiero un espacio grande para correr. Me encanta saltar y jugar a la pelota —sonrió Boston.

—Pues, anótalo, Boston. ¿Ya ves? Por eso es que la lista es tan importante.

—¿Te gusta hacer ejercicio? —preguntó Hunter, con una oreja levantada.

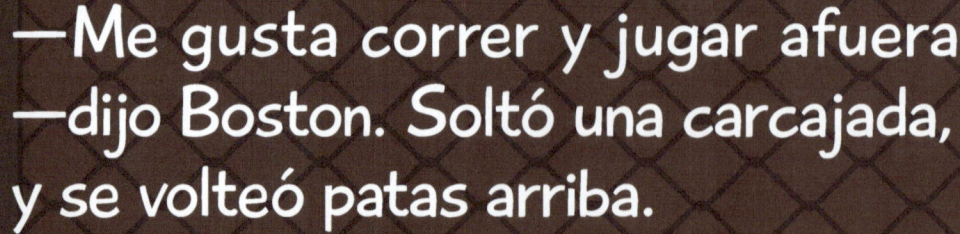

—Me gusta correr y jugar afuera —dijo Boston. Soltó una carcajada, y se volteó patas arriba.

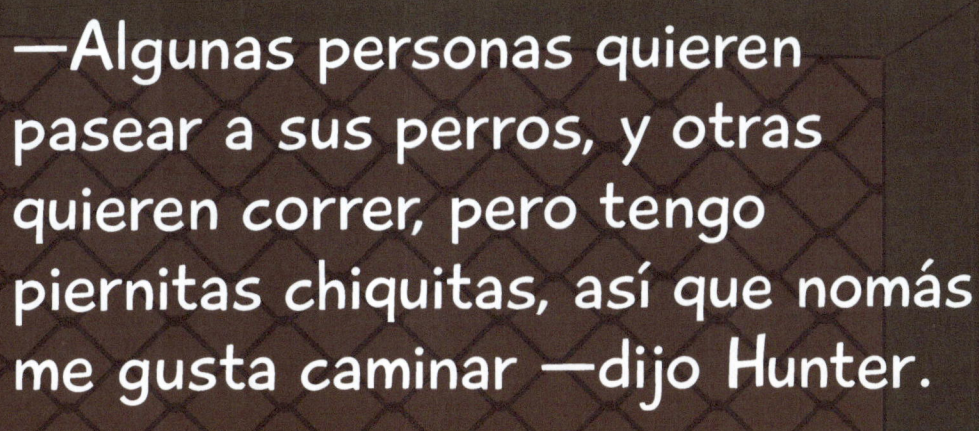

—Algunas personas quieren pasear a sus perros, y otras quieren correr, pero tengo piernitas chiquitas, así que nomás me gusta caminar —dijo Hunter.

—Ok, ya llegó el momento de revisar tu lista, Boston —insistió Hunter.

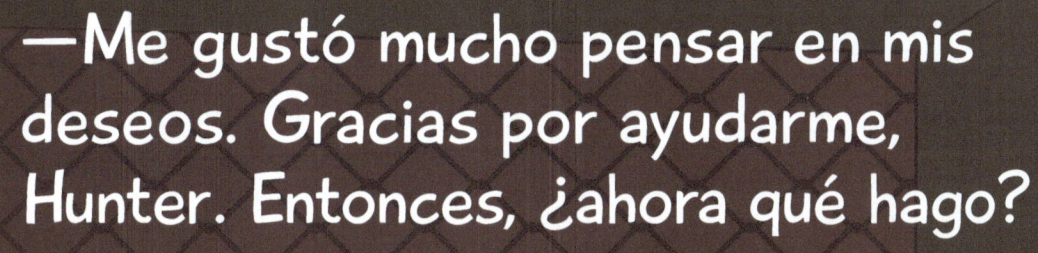

—Me gustó mucho pensar en mis deseos. Gracias por ayudarme, Hunter. Entonces, ¿ahora qué hago?

Antes de que Hunter pudiera contestar, unas personas llegaron al refugio.

—Mira, ¡ya hay una familia que te está viendo!

Boston se dio la vuelta y vio que una familia la estaba mirando. Empezó a menear su cola y pensar en su lista.

28

Boston estaba sumamente feliz cuando se abrió la puerta de la jaula, y la amable familia le puso una correa.

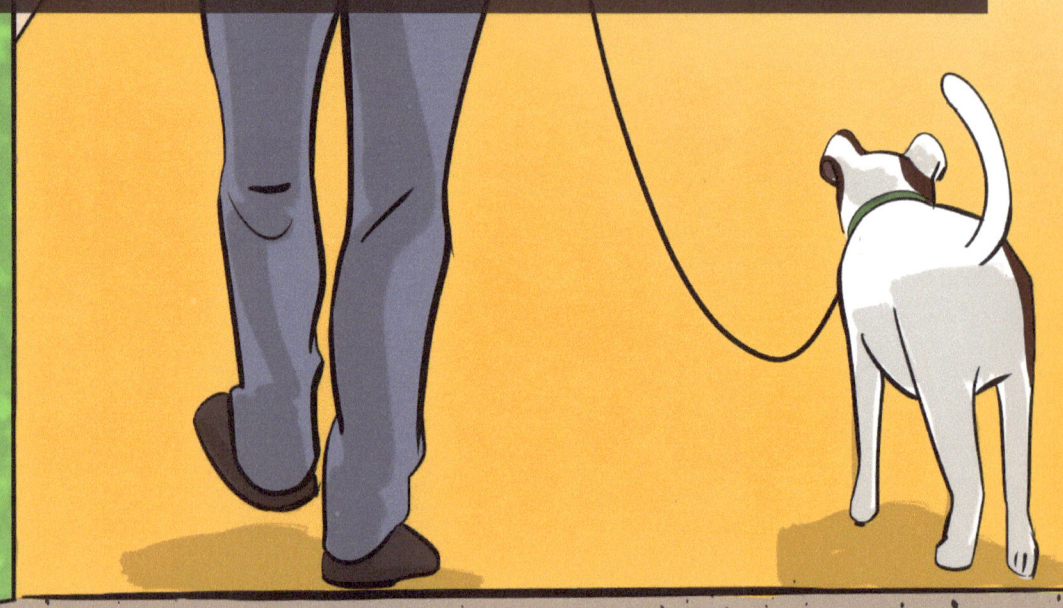

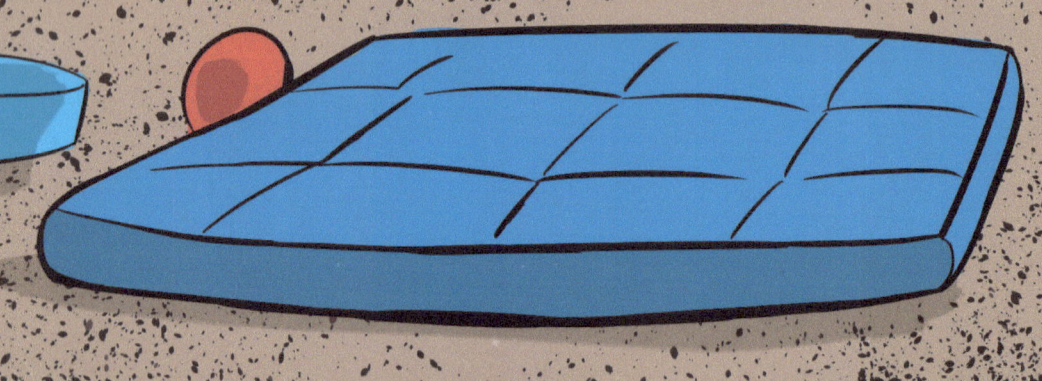

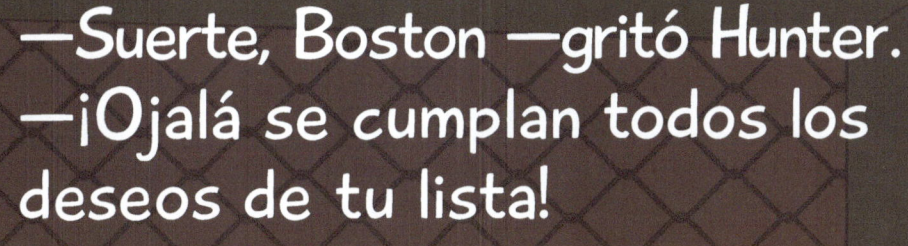

—Suerte, Boston —gritó Hunter.
—¡Ojalá se cumplan todos los deseos de tu lista!

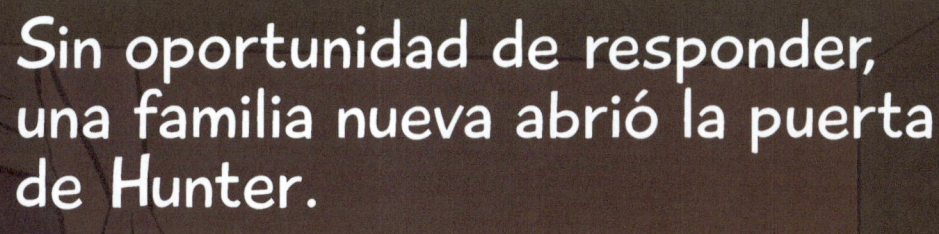

Sin oportunidad de responder, una familia nueva abrió la puerta de Hunter.

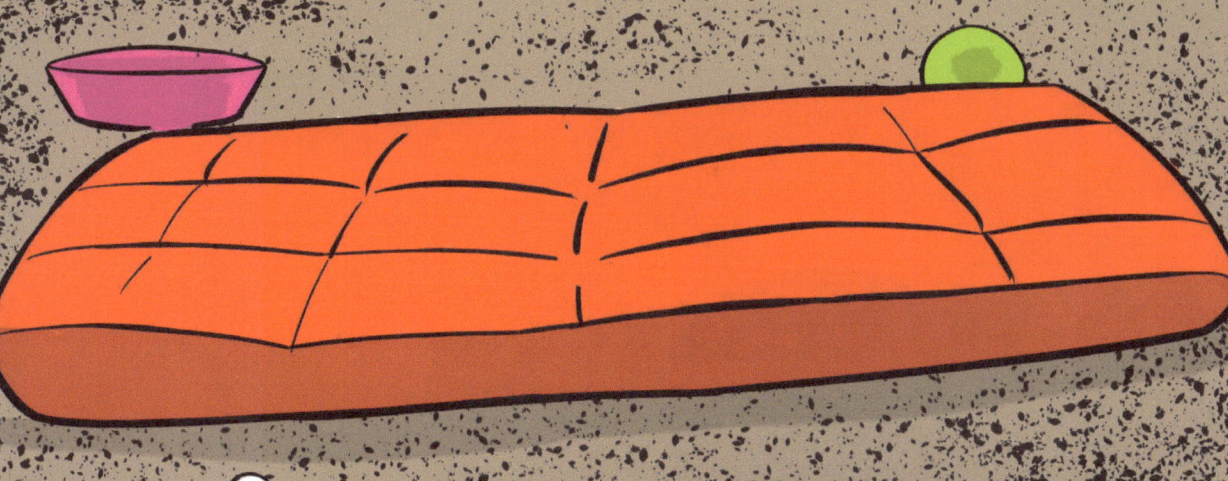

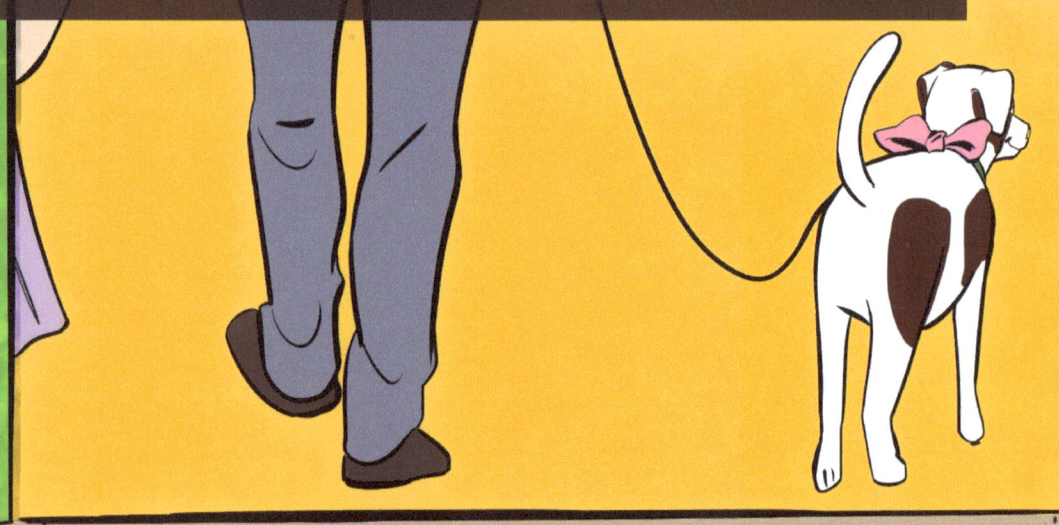

Boston se ilusionó de ver que una familia se había interesado en su amigo, y ladró: —¡Ojalá se cumplan los deseos de tu lista también, Hunter!

34

¡Gracias por leer nuestro libro!

BOSTON

HUNTER